# 바람의 길

# 바람의 길

임형선 시집

55

시와정신시인선

시와정신사

■

## 시인의 말


암초에 부딪힌 생각의 조각
가붓이 분진처럼 방향을 잃고 흩어진다
갈피를 잡지 못하는 심장

이러지도 저러지도 못하는 나
하늘을 향해 전화를 걸었다 뚜 뚜 뚜
신호음만 울릴 뿐,

당신의 뜻은 어디에 있습니까
깜깜한 별빛 사이로 보낸 독백
중얼거린 진실의 무게가 그의 폐부에
닿았나 보다

기다려 봐, 하늘을 덮고 있는 먹구름
그것은 아픔을 이겨 낼 면역력이야
당신의 뜻이 보랏빛 문자로 왔다


2025년 가을


임형선

# 차 례

_____ 제1부

# 24계단 밟기

텃새들이 옷깃을 여미며
허리띠 졸라맨 겨울나기

우리 아버지는 첫 계단에 쌓인 눈을 쓸고
입춘대길 대문에 써 붙이고
겨울잠을 잔 삽과 괭이를 챙긴다

다음 단계로 가기 위해 골몰하는 사이
벚꽃이랑 개나리 진달래가 손짓해도 못 본 척
괭이질 하는 아버지 어깨에 올라타고 있는 꽃잎
쉬어 가라 해도 못 들은 척한다

땀방울로 목욕해 젖은 적삼이
밭고랑 논두렁 팔랑이는 초록 물결에
흐뭇한 미소로 함께 흐른다

나뭇잎이 붉은 옷 갈아입기 시작하면
들판의 알곡들은 아버지 옷소매에 매달려
종종걸음으로 집으로 든다

풍우에 시달리며 살아 온 열매들을
떡과 팥죽으로 위로하는 마지막 계단, 동지
차근차근 밟아 온 아버지의 24절기 농사일지

# 철부지

우리 집 뒤뜰의 우물
햇볕이 얼쩡거리는 낮에는
구름들이 모여들어 곡예를 하고
별들이 바둑을 두는 밤
달은 옆에서 훈수 둔다
두레박질에 짓궂은 하루가 열린다

매일 들여다보는 어머니 거울
그 속에 출렁이는 팔남매 얼굴 길어 올리면
근육질이 된 어머니 팔뚝에 메뉴가 여문다

세상의 찌꺼기 씻어내고 순백이 되라고
지칠 줄 모르고 퍼내는 어머니의 화수분
우리들의 날갯짓에 북돋움이 되어
대전 서울 미국으로 날아갔다

등 굽은 두레박이 물을 긴고
우리는 냉큼 받아먹기만 했지
철분 농도가 짙은 정화수 같은 물 먹고

철들지 않고 쇳내 난다고 투덜댔지
감사할 줄 모르는 철부지

어머니 따라 간 애환 담은 우물
핏줄처럼 흐르는 수돗물이 고달픈 흔적을 씻어가니
어쩌다 절수되어 질금거리는 물방울
어머니 눈물인 듯 가슴이 저리네

# 흔적

보이는 표면과 보이지 않는 이면으로 된 나
채워야 하는 것과 비워야 하는
오대양 육대주를 닮은 오장육부가 있다

성장하는 내가 성장을 멈춘 나를
보호하기 위한
손톱 발톱 머리카락이 담벼락처럼 감싸고 있다

빈객을 대하는 손톱은
길고 곱게 물들인 화사한 몸짓의 교태다
화장실 변기보다 더럽다는 손톱 밑
우리 어머니의 여름
밭고랑의 풀이 손톱을 깎는다

떠돌이 원효대사의 손톱은 조각칼
구례 사성암 암각화를 그린 자국이 역사를 넘나든다
성종의 용안에 실수로 냈을 상처
폐서인이 된 왕비 윤 씨의 손톱
후회의 눈물로 옷소매가 흥건하다

내가 자른 짧은 손톱
부지런해 보이려는 위장술
열심히 살고 싶은 흔적이다

# 아버지의 놀이기구

삽과 괭이가 동면을 하는 동안
하얗게 물든 논밭에
까치 발자국 따라 뒷짐 지고 나선 아버지

정월 보름 지나
밭고랑에 나갈 채비를 하는 농기구
여덟 숟가락 별채에 담은 지게가 밭으로 간다

삽질을 몇만 번을 해야
숟가락질을 할 수 있을까

아버지의 삽이 퍼 담은 밥그릇
숭얼숭얼 땀방울이 맺혀 있다

여름 동안 땀범벅이 된 흙
얼굴이 물든다
겨울이면 탈색되어 흰색이건만
계절을 넘어 더욱 희어만 가는 머리카락

아버지 지게 내려놓은 메별의 순간

볕뉘처럼 비친
아버지의 땀방울의 무게가
형제들 가슴에 저며든다

# 백색 소음

작열하는 태양 아래
갈맷빛 나뭇잎이 밭은 숨 내쉬며
그늘을 기다리는 늦여름 저녁나절

모운이 몰려오는데
마타리꽃은 엉너리하며 서 있다

비꽃이 찾아오는 소리
바람에 날리는 먼지가 가라앉듯
들뜬 마음이 고요하고 청징하다

지난 날 어머니의 잔소리가 문득 생각난다
꽹가리 소리처럼 요란하면
녹슨 놋그릇 던지듯 퉁명하게 대꾸하며
잠들고 하루를 열었지
돌이켜 보면
도움말의 모음집
길잡이의 이정표였어
귀뚜라미 소리처럼 명지바람 스치듯
그리움의 소스가 된 것을 보면
백색소음이었어

# 명분

찬장 속에 졸고 있던 그릇들이 나들이 나와
몇 열 종대로 줄을 서는 날
명절과 제사

과일과 음료로 차례 상을 차리면
가족이 입이 고프고
조상들을 핑계 삼아 제사처럼 상을 차리면
손이 고달프고

갈팡질팡한 고리를 나열해 놓는 연중행사
샌드페이퍼 같이 까칠한 마음도
매운 고추장과 삐쭉빼쭉한 사연을
두루뭉술하게 섞어 비비면
화기애애한 대화로
고소하게 물드는 뒤풀이 비빔밥

가족이 만나는 이유의 날을 만든 조상님
살았으나 죽었으나
자식사랑 후손사랑의 배려
진설한 만큼 되돌려주니
곧 나를 위한 상차림이네

# 며느리발톱

종인지 며느리인지
허드렛일하는 잡부
눈만 뜨면 부엌으로 밭으로 가는 발
말없이 황소처럼 눈만 끄먹끄먹 수레 돌리는 하루
자신을 돌볼 틈 없이 이마에 땀 닦기 바쁜 날들
그래도 시어머니 눈에 들지 않는 까칠한 며느리발톱

버거운 물동이 이고
쏟을 것만 같이 비척이는
가시방석 같은 시집살이도
남편의 발톱이 주춧돌 같이 든든한 밑받침이 되었다

시어머니 떠난 자리 며느리 옷 벗으니
시어머니 자리 옷을 입었다

새 며느리는 독수리처럼 날개 달고
더 높이 더 멀리 날기 위해 며느리의 발톱을 세운다
닭 쫓던 개 지붕만 멍청히 바라보는 격
날개가 있어도 날지 못하는 닭처럼
퇴행성 며느리발톱이 되어

꼬꼬댁거리며 뒤뚱거린다


시부모 모시고 며느리 모시고 손자 돌보는
샌드위치 된 할망구 넋두리

# 늙은 인형

누가 뭐라 해도
이 세상에서 가장 예쁜 딸을 낳았다
유독 못생긴 코가 제일 귀엽다


옷의 빛깔과 모양 단추 위치 악세사리 머리핀과 양말
신발까지 샅샅이 뒤지고 골라 공주처럼 꾸몄다


유치원 가고 학교 가는 모습 보며
만든 작품에 구름도 햇님도 덩달아 방끗 웃는다
행여나 어찌 될까 조심하라고
잔소리까지 가방에 넣어 보냈다


언젠가부터 본색이 보이며
평범한 아주머니가 된 딸이


가을 맞은 어미
서리 올까 걱정하며
이 옷은 어때요 이 신발은 편하면서 멋지네 하며 고르고
있다

슈퍼마켓 갈 때도 고춧가루 묻은 몸뻬 바지 입지 말라 당
부하고
　노랑 물감과 붉은 물감을 들여
　고운 단풍 되길 바라며
　다듬고 가꾸어
　품위 있는 인형을 만들고 있다

# 나비질

우리 어머니
동녘이 밝아오면 또닥또닥 요리하는 도시락
알뜰살뜰 학교 길 챙기는 책가방
배움의 길 안내하는 표지판
휴일도 없는 무보수 노동자

수저 놓기가 무섭게 밭으로 가는 호미
그의 가을 들판에는
나락들이 황금알을 낳게 하는 들판

거둬들인 곡식들이
북데기와 깜부기 먼지도 섞여 있으니
낟알 고르기 위해 키질을 한다
알곡이 구르는 진통을 겪지만
깜부기가 흑미인 척 설치지 못하는 족집게
쭉정이나 알곡 가르는 이 시대에 꼭 필요한
우리 곳간 지키는 올곧은 나침판

가족이 합심하여 흠과 티가 없는 부자가 되어
만고에 자랑하고 싶다

# 6인

부모와 그리고 자녀
더 줄일 수 없는 꼭 있어야 하는 수
한 잇몸에 붙어 있는 이빨


문전옥답 등지고 지팡이에 기대어 아들 집으로 온 두 분
비바람 눈보라쳐도
역전에 놀러 가 출근 도장 찍는 시아버지
각양각색으로 떠나는 객을 환송하고
낙조에 물든 처진 어깨
비 맞은 장닭 같은 모습으로 귀가한다
아무도 원치 않는 작품
그런 그림을 그리고 있다
추스르지 못하는 몸이 되어 이 병원 저 병원 문 두드리다
깊은 수렁에 빠지고 말았다
별 역할도 없는 듯한 사랑니 하나 빠진 줄 알았다
왜 이리 허전할까
입 속이 텅 빈 것 같이


아침저녁 밥상머리 건반에 앉아

20년 동안 장단 맞춘 수저질 때문인가
이 빠진 악보 한 소절이 하모니를 이루지 못함일까


잇몸을 지켜 온 든든한 숫자 육의 결속력
꼭 있어야 하는 지주목 같은 어금니
어른의 자리를 지킨
가족의 중심축을 잃었기 때문이었어

# 서열

우리 집에는 서열이 있다
일 순위는 할아버지 할머니
외출에서 돌아오시면
신발장은 머리 숙여 신발을 받아 넣고
내실에서는 옷장이 정중하게 서서 옷을 받아 건다

침대는 어른이 돌아와도 문도 열어 보지 않고
가장 넓은 자리 차지하고 누워서 일어서는 법이 없다
내가 그랬으면 한 소리 들었을 텐데

밤이 되면 그 거만한 태도 탓하지 않고
엄마 품인 듯 파고 든다
하루의 짐을 진 신발을 내려놓는다
꿈나라 여행 티켓도 끊어주고
사랑의 씨앗을 뿌리는 묘판
앙증맞게 자란 묘목 10달이 되면 이식을 하지
거목이 되라고

우리 집의 영 순위
새 생명의 공작소

# 자반고등어

아침저녁으로  마주치며 눈인사 나누는
김치 같은 존재는 아니지만
누구나 다가가도 부담 없는 친근한 이웃
만나면 편하고 웃음 짓고
또 만나는 사이

열린 창문 사이로 웃는 소리가 톡톡 튀며
그들의 대화가 고소하게 연기로 버무려져 창문을 넘는다

지지고 볶고 끓이고 코끝을 자극하니
담벼락에 기대어 그들이 속삭이는 소리에 귀가 즐겁다
속이 없어 허허로운 줄만 알았더니
진기한 맛을 내는
누구나 좋아하는 다정한 한 쌍
항상 손잡고 살아가는 본이 되는 이유가 뭘까
그들은 오장육부 다 빼서 주고 또 주고
잊어버리네

그는 아내의 등을 다독이며
항상 뒤에선 든든한 후원자
두 팔 벌려 감싸 주고 사는 자반고등어 부부

# 늙은 이불

너는 구름
뭉게뭉게 피어나 떠돌고 싶은 너를 박음질해도 소롯하다
검정 치마 붉은 끝동이었던 널 붙들고 싶어

큰 나무에 핀 작은 벚꽃의 익살스런 미소와
작은 나무에 핀 큰 꽃
모란의 호탕한 웃음소리로 어우러진 무늬로 꾸몄다

밤이 되면 발을 걸어 수평으로 눕게 하는 너는 수면제
술빵처럼 부풀어 오른
어머니의 포근한 품이 되고
낮 동안을 스르르 뭉개버린다

세상을 향해 종종거렸던 시간의 겉치레는
뱀 허물처럼 벗어 던져 헐렁해지게 하는 진정제

어떠한 권력자도 지배하는 신적 존재
하루를 접었다 폈다 하기도 하고
생의 마지막도 덮어 주더라

생각을 눕히고 낮을 내려 고요의 바다로 숨결 치게 하는
정박한 나룻배가 되기도 하고
뜨거운 밤을 부추겨 자녀를 만들게 한
공로자였는데

경고등이 울린다 이젠 그만 놓아 주라고
지킴이를 다 하다가 지친 가장자리 솜
삐거덕거리며 튀어나와 통증을 호소하니
파스도 바르고 영양제도 주고 진통제로 재봉질해서
주름 진 나이테와 손때를 가다듬으니
더 없이 편하고 익숙하다
그이처럼

_____ 제2부

# 바람의 길


반만년 동안 삭풍만 불었던 한반도
문풍지가 남아나지 않았습니다
구백여 회나 피난살이했습니다
지렁이처럼 땅속을 기며
애천, 애인, 홍익인간 정신으로
뿌리를 굳건히 다졌습니다

용솟음치는 의지로
언 땅을 녹였습니다
섭리의 봄을 맞아 물오름이 시작되었습니다

바람은 서진하여
대서양은 겨울로 가는 길목에 서 있습니다
해가 지지 않는다는 섬나라도
이제는 서산으로 기웁니다

태평양 시대가 활짝 열렸습니다
햇볕을 동반한 훈풍은 벌 나비를 싣고
꽃피는 서울의 봄 동산에 찾아와
튼실한 열매를 약속합니다

피땀이 자양분이 된 이 나라 옥토에는
나뭇가지마다 평화의 메시지가 주렁주렁 열려
진리의 양식을 세계에 나눠 줄 것입니다

동녘에 떠오른 태양은 영원히 지지 않고
세계 속의 한국이 아니고
한국 속의 세계로 새로운 질서가 세워집니다
모든 길은 로마로 통했던 것이
이제는 모든 것이 서울로 통합니다

# 전복하다

부추 뒤집고 싶으면
비밀리에 당근도 모으고 오징어도 부르고
청양고추 약간 끼워주고 양파도 내 편 만들어
우정의 첨가제 가미해
끼리끼리 한뜻 모아 가루집까지 씌워
조용히 앞날을 도모하면 좋으련만

일부러 문 열어 놓고
인심 사납게 나눠 줄 생각도 없으면서
수다쟁이 아낙네처럼
지지지 시끄럽게 요란을 떤다
동네방네 소문내며 뒤집기 한다

지나가는 사람
눈은 기웃 귀는 쫑긋
코는 벌름벌름 침 흘리게 하면서
별것도 아니면서 떠벌리기 좋아하는 너

한번 뒤집고 또 뒤집는

번개팅 친구 사이에 끼어 입담 부추기는 부추 전
뜨끈뜨끈 젓가락 부딪히는 소리로
참 고소하게 끝낼 거면서

# 아버지의 영토

조상이 물려 준 아버지의 영토
푸른 바다 위에 갈매기 대화가 들리고
한 면은 산수가 수려해 햇볕과 바람이 속삭이는 곳

일년생 채소와 곡식들이
앞다퉈 성장을 노래하는 곳
겨울 동안 움츠렸던 과수 꽃이 가냘픈 미소로 얼굴 내미네

밭에 끼지도 못하는 아카시나무
봄이 익어갈 때면 하얀 꽃 포도송이처럼 주렁주렁 매달고
짙은 향수 뿌리며 세력을 넓히는 너
꿀까지 제공하니
그것에 취해 있을 때

가시로 무장하고 본색을 드러내며
뿌리를 밭으로 야금야금 작물을 괴롭히는 너의 문어발

내가 진딧물이라면 너의 진액을 빨아 먹으리라
애벌레라면 네 잎을 갉아 먹겠지
칼이라면 너의 속내를 들여다보며

뿌리에서 입으로 오가는 도관과 체관의 길을 막을 거다
도끼라면 송두리째 찍어
밭둑 넘어 산비탈에 던져
다시는 소생 못하게 하리라

자자손손 꽃피고 열매 맺는
우리의 영토를 지키리라

# 이루리라

친구들과 싸우지 말고 사이좋게 지내
이런 말을 듣고 자라서
또 그런 말을 하면서 살아 왔던 우리

어쩌다 쳐 놓은 철옹성 같은 삼팔선
이제는 그만 무너뜨리고
자유롭게 날아다니는 새가 되어 보자

경도 높은 절삭공구로 자른다면
요란한 불꽃만 튈 뿐
총칼이나 핵으로는 상처만 줄 뿐

금강석 같은 단단한 원석은
여린 구리로 다듬어 영롱한 빛을 내듯

명주 고름같이 부드럽고 여리고 휘어질 줄 아는
낮아지고 채워주는 물 같은 참사랑으로 녹여보자

미미한 개미도 두 개의 위장으로

하나는 나를 위해 또 하나는 이웃을 위해 살듯
주고 잊어버리고 보살필 위장 하나 더 만들어 보자
햇볕이 어제도 오늘도 변함없이 나누듯
우리도 그렇게 통일을 이루어 보자

# 명사수

사립문과 안경 울타리
초가지붕의 박 넝쿨
뜰에 벗어 논 고무신 짝
발채에 담아 논 돼지 밥 고만이풀
공동 우물가 물동이 속에도
육이오 동란의 칼자국이 아물지 않았던 어느 날

가난한 선교사가 그려 논 세계 지도
한국이 세계 일등 국가가 되고
한국어가 세계 공통어가 된다고

가난은 휘발된다는 압축된 설계도
쭉 뻗은 철길처럼 일사천리
어두운 장막이 걷히고 밝은 해가 떠올랐다

꿈의 활화산을 가진 그를 돕기 위해
어머니의 눈속임 하는 가증스런 의적
집에 있는 김치와 고추장은
그의 입술을 적시며

고난의 시간을 덜어냈다

그의 솟구치는 가슴의 언어는
앞으로 세계 속의 한국이 아니고
한국 속의 세계가 될 거라는 큰 소리

그는 명사수였나
그가 쏜 60년대 화살
지금 적중 중인가

# 낭패불감

예루살렘의 거리는 10분마다
텔아비브는 30분 간격으로 사이렌이 울리고
자살폭탄 테러가 심심찮게 들려 심장이 드럼 치는 곳

목맨 강아지처럼 여권으로 발을 묶어
시장이나 은행도 무거운 발길
돈도 물건처럼 보관료를 내는 은행

흐느적거리는 미니스커트 사이로 총 맨 여군의 활보가
여학생 가방 맨 모습처럼 어색하지 않은 곳
중절모와 오버코트를 입은 랍비도 계절을 잊게 하는 거리

백열등과 흰 물통으로 유대인인 것을 표시하고
형광등과 검정 물통으로 팔레스타인인 것을 표시하며
공존하는 사람들
흑과 백을 섞어 회색이 될 수는 없을까

평화를 지키겠다는 손에는 총을
입에는 피스 샬롬을 외치는 나라
뱀이 개구리를 잡아먹겠다고 입을 크게 벌리고

개구리는 뱀의 목을 쥐고 으르렁거리는 그들
선을 긋고 이산가족의 아픔을 겪는 동병상련의 나라

낯설기도 하지만 우리나라와 같은 운명인가
우리나라가 통일되면
그들도 통일이 될까
하나님이시여 지금 어디 계시나요

# 물론勿論

물론 국회가 열렸다
여당 개구리 의원의 발언
철없던 시절 천방지축 말썽꾸러기 불효자
지난날이 부끄러워 소리 내어 운다
자기반성이 소란한 분위기가 숙연해집니다

두꺼비 의원과 맹꽁이 의원 응대
럭비공 같은 사춘기 어디로 튈 줄 모르는데
누구나 겪는 일 다 이해합니다
긴 뒷다리로 먼 앞을 보고 뛰는 추진력과
군데군데 만든 어학당
다양한 언어들을 엮어가는 베틀
개굴 개골 깨굴, 하늘 천 따지, A B C, ㄱ ㄴ ㄷ
세계를 이끌 지도자 양성 정책을 적극 지지합니다

두꺼비 의원의 발언
저는 게을러서 다이어트도 못하는 뚱보입니다

꺼—억 꺼—억 엉금엉금 독을 품고 살지요


개구리와 맹꽁이 의원의 말
뛰지 못하니 자기를 지키기 위한
독을 지닐 수밖에 없군요 안쓰럽습니다
금두꺼비를 보면
당신들 복의 상징이며 부러움의 대상입니다


맹꽁이 의원의 발언
저는 밤무대에서 일해요
맹꽁 맹꽁 요란하게 노래해서 죄송합니다


개구리와 두꺼비 의원의 응대
작은 몸매로 천적이 잠든 사이
살아남기 위한 방편이군요
사랑 찾아 부르는 멜로디 맹—맹—
그대여 나 여기 있다고 대답하는 꽁—
서로 주고받는 소야곡

정이 오가는 밤이 가락집니다

나를 반성하고 당신의 정책을 지지하는 물론 국회

당연지사입니다


갈고리 손을 가지고

아만의 눈으로 헤살 부리는 입술

으깍* 정책을 펴는 딴 나라 의원도 있습니다




※ 으깍 : 서로 의견이 달라 생기는 불화

# 겨울 제국

그들은 겨울 제국을 건설하기 위해
얼음 벽돌로 성을 쌓았다
칼바람은 성을 지키는 병사다
가끔 은혜를 베푸는 듯 비를 내리지만
녹은 얼음은 밤 동안 번지르르 광택을 낸다

나무들은 옷깃을 여미고 시간에게 독촉장을 발부하지만
겨울밤은 길기만 하다
구름아 비켜다오 요청하지만
삭풍과 손을 맞잡는다

조금씩 길어진 태양 볕을 붙잡은 입춘
겨울잠을 잔 땅속의 떡잎이 연합전선을 펴 삽질한다
그 소리에 놀라 기우는 제국의 마지막 발악
고추냉이보다 매서운 눈보라 뿌려 대는 시샘
강풍이 몰아친다 해도 눈은 이불이요
바람은 얼음 날리는 제 살 깎는 문어 같다고 웃어 넘긴다

땅속에 주춧돌 박지 못하는 네가 지은 집은 물 빠진 모래성

이야
　아무리 앙탈을 부린다 해도
　참고 기다린 분노들이 팝콘처럼 분연히 튀어 나온다


　눈 속에 핀 복수초 설중매에 여린 꽃잎 피우는 것을 보라
　봄옷을 입은 그대는 기필코 오고야 만다

제3부

# 줄무늬 도시

도시는 하늘 향해 막대그래프를 그려 놓았다
홍콩 뉴욕 서한 우한 서울에서도
하늘 높은 줄 모르고
앞다퉈 오르려는 야심 찬 작품들의 경연장
부와 명예의 자존심을 내세우면서
땅값을 최소화한다는 명분이다

사우디아라비아 부르즈 할리파 163층 최고
구름도 쪼개고 바람도 꺾는 저 당당한 위용
단단한 지평 위에 1mm의 오차도 없는 수직 막대
매일 꿈과 일거리가 오르내리는 수천 개의 창문
별과 달에 닿겠다고 갈고리 걸기 위한 초석인가
사닥다리인가

마천루 사이로 목을 꺾어 꼭대기를 바라보는 개미
측량할 길 없는 높이를 언젠가는 오르리라고
차곡차곡 벽돌을 쌓고 있다
고니를 그리려다 오리를 그릴지언정
삶의 좌표를 수직으로 세워 그림자 없는 정오

90도를 유지하려 한다

더디 쌓을지라도
허세와 허울의 녹슨 철근과 바다 모래
부실로 사라진 와우아파트를 짓지 않겠다는 각오

개미가 그린 작은 막대그래프 안에도
큰 꿈도 있고 아기자기한 사랑도 보람도 긍지도 있다

# 엿듣기

나뭇잎들이 앞다투어 초록빛을 품어내는 계절
앞집 이층 난간에 올라앉은 소나무 분재와
우리 집 마당 한 켠에 서 있는 소나무가 주고 받는 말

분재가 소나무에게 너는 좋겠다
마음껏 다리 뻗고 손 높이 들어 햇볕 받아먹고
살랑살랑 바람이 옷깃 만지면 빙그레 교태 부리고
세상 찌든 때 비가 다 씻어 정결케 하고
너는 참 자유 누리는구나

분재야 너는 매일 샤워해 정갈하고 단정하고
배고플 일 없고 추위 걱정 없고
애지중지 보살핌 받는 선택된 삶이잖아

아니야, 내게는 자유가 필요해
화분 안은 통제 구역이야
먹고 살 걱정 없는 국립호텔 교도소 같아
항상 얼기설기 다리 꼬고 기지개도 펴지 못해

지나가는 참새가 한마디
소나무야 너는 자리 잡고 마음껏 클 수 있어 좋겠다
분재야 너는 관심 집중 절대적인 보호 받으니 좋겠다
거처도 없이 먹을 것 걱정하는 날 봐

# 콩나물의 자부심

번지르르한 콩들이
무슨 대책 회의를 하는지 모였다
홀로서기를 원하는 콩은 밭으로 가고
남은 무리는 태양을 삼킬 용기로 성장을 도모했다


내가 아니면 만물은 성장할 수 없다고 큰소리치는 햇볕
그 오만에 반기를 들었다


공동 목욕탕에서 때 불려 목욕하고
나뭇가지 걸터앉아 하루에도 수차례 샤워한다
개나리 유니폼 입고 옹기종기 다닥다닥
하얀 베레모 쓰고 정갈하게 몸단장


우리 할머니 발소리에 입을 크게 벌려
몇 바가지 사랑받으며
더 많이 크겠다고 까치발로 발돋움하는 콩나물


달빛도 별빛도 없는 벙커 함께한 우리
성냥처럼 척추는 없어도 일어설 수 있다
물만 먹고도 훤칠한 키와 비타민으로 덧칠한 미모
자부심과 긍지로 산다

# 5월 7일

해는 서산에 걸려 금방이라도
바다에 풍덩 빠질 것 같은 시간

사람의 그림자가 사라지길 기다리는 어린 눈동자
패랭이꽃 앞을 왔다 갔다
콩닥거리는 가슴으로
카네이션 닮은 꽃 몇 송이를 꺾는다

어머니 가슴에 달아드리려는 손길을 쓰다듬으며
바람도 못 본 척 지나가는데

과자 껍질 한 번 담아 보지 못한
가난한 호주머니는
흙 묻은 손을 나무란다

# 칼과 낫

산길 따라 걷다보면
고갯마루의 돌무더기
이곳에 돌을 던지면 다리가 안 아프다고
그 말에 길 위에 돌이 없어 길 가기가 편했다
그곳에 끼지 못하는 쇳덩이가 거추장스럽다

너의 처소는 사람이 오가는 곳이 아니야
새롭게 거듭나는 거야
너의 강한 근성을 살려 보자
타지 않는 돌과 모래로 만든 용광로로 가는 거야
견디기 어려운 연단 갈고 연마해서
새롭게 태어나는 거야
날을 세워 칼과 낫을 만들지
예리하고 단단하라고 또 열처리를 견뎌
겸손히 고개 숙인 낫이 되지

농부의 손에서는 알곡을 거둬들이는 도구가 되어
노적가리가 두둑해지지만
스탈린이 손에 든 붉은 낫

농민의 피로 물들인
한 세기도 못 버티는 녹슨 쇳조각
삭아 없어질 수밖에

낫으로는 베어 추수하고
칼로는 다듬고 썰어 요리해
만민을 먹이는 일을 하지

# 5월 15일

태양 빛에 견줄 수 없는 초라한 불빛
바람 앞에 속수무책 나약함
그런 미미한 존재인데도 젯상에 오르고
그 앞에 무릎 꿇고 두 손 모으니
너는 신께 가는 길잡이 신의 심부름꾼
사람들의 대변자인가
자신을 태워 어둠을 밝히는 숭고한 정신 때문이냐

눈이 있으되 앞을 못 보는 당달봉사 같은 순박한 백성
그들의 눈이 되겠다고
지존이신 세종대왕께서 자신을 불태워
어둠을 밝히는 촛불이 되었다
28자 한글을 만드노니
양반과 기득권자들의 빗발치는 화살과 입방아
집현전 학사들이 촛대를 맞잡아 주니 흔들리지 않았다

선하고 올곧은 백성
법이 있어야 보호받는 깨우침과 지혜를 키우고
소통의 다리 놓고 싶은 큰 뜻

만백성의 어버이요 큰 스승이라


5월 15일 되면
케익에 촛불 밝히고 온 나라 스승들의 날이 되어
감사를 담아내는 것은
그가 태어난 날을 기념하고 온 국민이 알게 함인가
그가 켰던 촛불
시대를 건너뛰고 역사를 넘어
이것이 횃불 되어 K팝이 세계 방방곡곡에 불질러
한글이 훨훨 타올라 세계 공용어가 될지어다

# 눈꺼풀

세상을 여닫는 문
내 안에 값비싼 보석 수정체 지키는 수문장
이슬처럼 내리는 분무 눈을 촉촉이 적신다
울타리도 있어 먼지와 빗물을 막아주고

하루가 지치고 힘들면
무거웠던 천근만근 눈꺼풀이 내려앉으며
근심 걱정 다 접어 선반에서 내려놓으라 한다

막무가내 문을 열어젖히려 안간힘을 쓰면
마음의 크락숀이 울려 휴게실에 들른다
눈꺼풀의 준엄한 잔소리
천하무적 장군이라도 되는 듯 버텨보면
자기도 모르는 사이 영원히 문을 닫을 수도 있겠지

구겨진 빨강과 검정색 현수막
꼴사나운 맹수들이 으르렁거리는 표음문자
오염될까 걱정되면
작지만 온 세상을 덮을 수 있는

가장 큰 일을 하는 내 몸의 블라인드를 내린다

자명종이 된 아침 햇살 창가에 울리면
천하를 여닫을 수 있는 눈꺼풀이
배달된 하루를 선물 받으라고
이불을 걷어 올린다

# 효용 가치

어쩌다 놓쳐 버린 가을
혹시 남아 있을 단풍잎 보려고
초겨울 식장산에 올랐다

낙엽이 떠나지 못하고 바닥에 누워
등산객의 발소리 들으며 비에 젖은 적삼을 말리고 있었다

비껴가야 했는데 아차 하는 순간 미끄러져
산이 쉬어 가라 발목 잡고
석양은 하산하라 등 떠밀고
퉁퉁 부은 다리 이끌고 집 대신 병원으로
발이 네 개가 됐다

지금 나에게는 비단실로 짠 멋진 양말
나이키와 아디다스 제품보다
늙고 낡은 펑퍼짐한 볼품없는 천덕꾸러기
내던질까 생각했던 그런 양말이
이 겨울을 데워 줄
내 발의 보호자가 될 줄이야

# 출고

유곽인가 홍등가인가
벌 나비를 유혹하는 빛과 그리고 향기의 향연인가
허투루 하지 않은 치장으로
누구를 기다리는가


수십만 개의 땀방울과 붉은 핏자국으로 만든
이차원의 무음 파일들이 즐비하게 늘어서 있다


도토리 키 재기인가
범인의 눈에는 고만고만해 보이는데
결승선에 옹기종기 서 있다


땀방울과 핏방울의 무게인가
상상력의 길이인가
감성과 지성의 부피인가
심혈을 기울인 단내의 각도인가
분출하는 레이저의 속도인가
묘선했다지만 매겨진 등수가 불뚝댄다

몇 초인가 몇 분인가
어제의 햇살을 기억하지 않고 그냥 지나가듯
작품들을 눈으로 훑고는 바람처럼 스쳐간다
가끔은 꼬챙이에 옷이 걸렸는지 한참을 보고 서 있기도 한
다


조비빈 작품도 안타까워하며 서성이고
바닷가 모래사장 위에 그린 그림처럼
그냥 파도가 쓸고 갈까 봐 가슴을 움켜쥔다


졸작인 내 생애처럼
무관심 속으로 사라질까 봐 미술관의 작품들이
눈치 보며 어색한 듯 서성인다

## 그림자

중동 뒷골목 담벼락 사이
밟히지 않으려고 있는 듯 없는 듯 납작 엎드린 질경이
뒤척이거나 기침 소리 내는 것은 사치입니다

그를 돌보는 비루한 그림자
낮에는 빨래하고 밥 짓는 몸빼 바지 입은 여인입니다
행길에서 마주치면 투명 인간처럼
못 본 척하는 어머니와 아들 사이입니다

자식이 쏘아대는 눈총과 무음전쟁에 상처 입고
가슴만 쓰다듬습니다
그래도 질경이에게 눈물 젖은 손등으로 물을 줍니다

해가 떨어지길 기다리는 분꽃처럼
립스틱 짙게 바르고 길거리로 나갑니다
"쉬어 가세요" "자고 가세요"
기차에서 내리는 밤손님에게 찐득이처럼 달라붙습니다

흙탕에서 길어 올린 뿌리로 밥을 짓고
화대를 증류시켜 만든 김치로 상 차린 식탁에
꽃 피고 열매 맺습니다
세상 염증 치료 약재가 되는 차전자로 어엿이 익었습니다

그녀가 세상을 등진 영정 앞에
처음이자 마지막으로
큰 소리로 어ー머니 어머니를 불렀습니다

# 갈다

농부는 밭을 일궈
햇볕을 갈아 땅에 거름 삼고
흙속의 어둠을 들춰 세상을 환하게 한다

아무 것이나 썰어보겠다며 나대던 날
열심을 다해 무뎌진 길
자신을 방치해 녹슨 골목

어머니의 꿈길 눈길을 녹여 나를 만들 듯
숫돌은 자기의 살을 저며
쓸모 있게 곧은 벼랑을 세워
우뚝 빛나게 반짝반짝 세운다

그는 매일매일 먹을 갈았다
아침마다 7남매를 위해
사자성어를 벽에 붙여 맘속에 스며들게 했다
먹 갈기를 소홀히 말고
배우라는 어머니의 소리 없는 먹물
율곡 같은 대학자를 탄생케 했듯

나도 숫돌에 날 세워
나의 텃밭에 꽃을 새기리라

제4부

# 하루살이

상상 속의 붕새처럼 구만리 날아다니고
목표를 보면 급강하하는 송골매 같기도 하고
멀리 있는 물체를 선명하게 알아보는 타조 같기도 한 너
종횡무진 지구 저편까지 파헤치며 날아다닌다

거대한 힘에게 입을 모아 큰소리치는 훈장질
하루를 살망정 할 소리 다 하고 살아 온 너
두 손을 높이 들어 큰소리치더니
주도권을 잃고 뒤안길로 밀려가는 너
왼손으로 쓰는 삐뚤빼뚤 갈지 자 지껄임
무엇이든 알려준다

두려울 것 없는 무소불위의 힘인 줄 알았다
너에게도 천적이 있을 줄이야

현대 미디어 변화의 물결
일촉즉발 기다림 없는 순간들이 양방향 소통한다
가상현실 속 세상을 보는 창을 열어
바람처럼 느끼며
강물처럼 흐르는 연결고리
빛과 어둠을 비추는 등불을 켠다
우리의 삶을 다시 짜는 힘이다

# 그릇

해오름 달 맞으러 동해에 갔다
지난 발자취를 씻어
감격과 감사는 주머니에 주워 넣고
지워지지 않는 오염은 건져 땅에 묻어 거름 삼으려고

무거운 짐 보따리 이고지고 잠수한 태양이
냉수목욕하고
새해를 북돋기 위해 아침 햇살로
설레는 심장을 추스른다
에너지 구걸하는 간절한 눈짓에
각각의 바람을 새긴
황금빛 알갱이를 비눗방울처럼 방사한다

행복 건강 성공 사랑 평화 번영 희망 친구 기쁨 교감 감사 정리
정돈 격려 부귀 도전 승리 긍정 웃음 영화 장수 영달 자유 다복
은혜 평강 축복 달성 성취 소망 덕담 기원 응원 무병 위함 나눔
따뜻함 꿈

주렁주렁 달고

서로 살 비비며 윤슬처럼 반짝인다
주워보니
네가 노력해서 채우라는 그릇이었어


필요한 만큼만 줍기도 하고
욕심껏 주워 담고 비척이다가 쏟아 버리기도 한다


나는 작은 바구니에 무탈의 알갱이만 건져왔다

# 외눈박이 왕눈이

4대가 어우렁더우렁 눈동자 많은 집 뜰
베란다에 앉아 있는 휠체어가
낮 동안 무단으로 오는 손님을 막고 있다


수시로 다녀가는 밤손님
스스로 챙겨간다
잠금장치는 허울일 뿐
그의 손은 맥가이버 밤일에 능숙한 전문가
그런 능력자가 낮 동안 일하면 좋으련만


여러 개 눈이
그림자 하나를 잡지 못하고 허둥댄다


언젠가 동네 어구 전봇대에 외눈박이 왕눈이가
잠도 자지 않고 눈을 부라리며
사방을 두리번두리번
집집마다 드나드는 사람을 꼼꼼히 체크한다
대문 앞에 놓고 간 택배도 지켜준다


불침번을 서는 CCTV
빗자루 들고 도둑을 싹 쓸어버린다

# 삼신할머니 뿔났다

다산이 복이라고 삼신할머니 가는 곳마다 환영이였다
생솔가지와 고추 매달아 금줄 치고
아기 울음소리 동네방네 자랑했던 시절은 어디로 갔나

자식이 짐이 되어
아들딸 구별 말고 둘만 낳으라 하더니
또 입 하나로 줄이라고

밥을 먹는 입은 하나요
일을 하는 손과 발은 둘씩인 것도 모르는 청맹과니
이모도 삼촌도 없는 세상 만들려 했는지

삼신할머니 굵은 체에 올려놓고 흔들어대니
아기 만들고 싶은 생각은 다 빠져 나가고
중심 잃고 비척비척

푸대접에 등 돌리고 뒷짐 지고 눈치만 보게 해 놓고
이제는 근무태만이라고 책망하는 것은 아닌지

밤이슬 받아 정화수 만들고
별빛 모아 홍등 켜고 달빛자리 펴고 앉아
두 손 모아 삼신할머니께 비나이다

영롱한 눈동자가 포도송이처럼 주렁주렁 열리는
이 나라 큰 나무 되게 하소서

# 남편 빌려드립니다

큰 도로가 T자 거리
하얀 무명천이 팔다리 벌려 빨간 글씨로 하는 말
'남편을 빌려드립니다'
작은 글자로는 평일 오후 5시 이후 토요일은 온종일

햇볕은 히죽히죽 웃고 있고
지나가는 여인네는 눈동자가 휘둥그려진다
저 당당한 여인은 누구인가
남편은 저렇게 내돌려도 된다는 말인가
한치의 바람도 일으키지 않으리라는 믿음인가

작은 골목으로 접어든 한적한 마을
어린이와 젊은이의 그림자가 떠난 지 오래
괴괴히 흐르는 나뭇잎 사이로
허리 굽은 지팡이가 집을 지킨다

형광등이 깜박거려도 눈을 뜨게 할 안과의사가 없다
수도꼭지가 분수를 알지 못해 시도 때도 없이 물을 토해도
말릴 자가 없다

그녀의 남편은 잡일 하는 수리공
이 동네에 무상으로 빌려 드려
노인들의 공동 남편이 되었다

# 엇박자

보문산 옆에 끼고
방 한 칸 부엌 하나
쟁반에 담아 논 몇 개 안 되는 살림살이
부족한 것뿐인데 마음은 보름달

입덧 눈치 챈 주인댁 아줌마
자기 딸인 듯 이것저것 챙겨 준다
좋은 것과 싫은 것 분명한데
줄까 말까 저울질한다

안집에서 흘러나오는 보리밥 냄새
밥알 한 알 한 알이 춤추듯 다가오는데
고추장에 버무린
단풍에 물든 비빔밥
눈 위에 그리고 있다

호박풀떼기 죽을 주면서
이것은 별식이니 먹어 보란다
보는 순간 토할 것 같은데도

고맙습니다 감사합니다

우리는 엇갈린 생각
속마음에 새긴 한글
낯선 외국어로 해석하는 소통 불가
챙겨주는 이웃
불편한 친절
보리밥은 그 때의 한을 되살려 준다

# 웃픈


떠도는 청사진에 너도나도 잘 될 거라고
겁 없이 도전장을 내민 과오


경험이라고는 대학시절 축제 때
마담이 되어 커피 팔아 본 실력으로


한 동네에 몇 개가 빗장 없는 문을 열어
온종일 열어 놓았어
그곳은 항상 그늘만 뻔질나게 드나들 뿐
채하는 볼 수 없었지


두둑한 배짱이 베짱이처럼 뒤꼍에서 울었지
하루하루가 빚의 퇴적층을 쌓고 있을 줄이야
발에 매달린 천근같은 쇠뭉치가
날이 가면 갈수록
진흙 수렁 속으로 깊이 빠져드는 거야


구겨진 계획은
무조건 억 소리 나는 권리금도 포기하고

발을 빼고 나니

더 이상 빚이 쌓이지 않아
후련해서 입가는 올라가 웃고
고도의 화상이 상처처럼
치유하기 어려운 빚이
그녀의 눈꼬리에는 눈물방울이 맺히네

# 5분

튀르키예 여행의 하루
가이드 말은 곧 법이요 칙령이라
감히 거역할 자가 없다

이스탄불의 대바자르 벌집처럼 빼곡히 들어선
5000여 개 상점 세계 최초 최고를 자랑하는 볼거리
우리를 기다린다

절대 시간 엄수
5분 늦으면 30분
10분 늦으면 한 시간을 차 속에서 고생한다고
그렇게 당부했어도 보이지 않는 그녀
호텔 방도 로비 어디에도 없다

납치인가 길을 잃었는가 걱정이 꼬리를 물고 달린다
하나님도 어쩌지 못하는 산고만큼 힘든 변비가
그 할머니의 발을 묶고 있었다

자동차가 아장아장 걷다 쉬엄쉬엄 가는 러시아워

투덜대는 목소리가 도로를 할퀴며 간다
저 멀리 보이는 방벽 앞에
연기와 매캐한 냄새만 널브러져
무장한 군인과 경찰이
테러가 흘린 흔적을 주워 담고 있다

예정된 시간에 도착했다면
폭탄 테러의 입이 우리를 삼켰을지도 몰라
민망해 하는 그녀 등 뒤에서 쏘아댄 눈총이
감사로 변하는 순간이다

5분 생사를 저울질했다

# 색의 언어

색깔은 시인인가
함축의 언어 약속의 언어(함축과 약속의 언어)
자기만의 개성을 갖고 있다

파란색은 가고 빨강색은 서 있으라는 명령어(서 있으라 한
다)
큰 트럭도 자전거도 귀 기울이는 신호의 약속(색깔의 명령
을 따라야 한다)
늠름하게 서 있는 저 등대
빨강색은 오른쪽에 장애물이
흰색은 왼쪽에 암초가 있다는 경고

망망대해에 표류하는 나
저 멀리 비추는 가냘픈 불빛
돛을 끌어당기는 해안의 손짓
성난 파도는 소리를 삼켜도 빛을 잡아먹지 못하니
괴괴히 흐르는 별빛 달빛과의 대화
나침판이 되기도 했다

시간과 동행하는 나의 빛깔은 변덕쟁이
보이지 않는 마음도 사랑도 색깔은 말한다
심사가 사나울 때는 양심이 까맣다고
성자처럼 살고 싶어할 때는 백옥 같은 마음이라고(백옥 같
다고)
사랑을 속삭일 때는 홍조를 띤 얼굴이라고

되돌아보며 삶의 얼룩을 지우고 싶어
무색 무념의 물에 담가 본다
하얗게 될까 봐

# 나무라지요

나는 풀이에요
나무가 아닌데도 나무라지요


한 단계 한 단계 매듭짓고 올라요
속이 비었는데 겉치레만 한다고 흉보지 않고
청렴하다 한다
바람에 흔들려도 지조 없다 아니하고
유연하다 한다
어느 날 불쑥 나타나 문어발식 확장하는데
공연 연출 잘 한다고 멋지다 한다
상록수가 많은데 사철 푸르다고
지조와 절개의 상징이라 하고 사군자에 끼워 준다


화합할 줄 모르고 자기주장만 하는 편협한 글 솜씨도
불의와 부정에 타협하지 않고
대쪽 같은 사람이라 칭찬하듯


나이테 내지 않으려는 포장된 제스처
늘어 논 시어들이 불뚝대도

제멋에 겨운 춤판이라도 나무라지 말아요
시를 낳게 하기 위한 진통을 겪고 있어요
허방 짚고 있는데도 시인이라 하듯

나도 풀인데 나두라지요

# 이중장부

그는 변검술사인가 마술사인가 변신의 귀재


샹들리에가 되어 화려한 입자들을 조잘조잘
개미허리 같은 가냘픈 와인 잔에 금파처럼 쏟아놓으면
멋스런 술잔이 향기로 여흥을 주고


조각난 유리 모아 놓은 듯
스테인 글라스 되어 성도들의 다양한 마음을 새겨
성전 창문에 붙어있고


지킴과 보호를 명분삼아
눈만 허락하는 바리게이트 역할도 하는데


"로마의 자비"
늙은이에게 젖을 먹이는 여인상
유리 상자에 담은 것처럼 훤히 보여
천박한 낙서 부도덕해 보이지만
이면의 소리를 듣고 보면 최고의 명화가 되듯

투명하다고 자랑하지 마라

입체맹처럼 단면만 보일 뿐

현상이 실체를 투시 못하는 간극이

이중장부 같은 유리가 되어

깊이를 숨긴 포장재가 될 수 있으니까


※ 로마의 자비(일명 키몬과 페로) : 17세기 벨기에의 화가 루벤스가 그린
네델란드 암스테르담 국립미술관 입구에 걸려 있는 실화를 바탕으로 한 작품

# 각의 실상

모름지기 고슴도치처럼 송곳을 세우면 안 된다
그릇 같이 둥글둥글 사는 거다

공을 마주하면 하나의 점만 닿고
밀착할 수 없어 따로따로 구른다
정처 없이 흔들릴 뿐인 뜬구름
어디로 떠날 때는 쭈빗쭈빗하며
사각 상자 속에 담겨 목적지에 닿는다

면과 면이 만난 육면체
겹겹이 동행할 수 있어
차곡차곡 시간 속에 보관한다

사각 상자 되어 서 있는 우리 집
그 속의 작은 상자들
내 방 속에 책상 그 위에 놓인 책
면을 잇는 파생적 모서리
함부로 손대지 말라는 은유

뭉게구름처럼 부딪힘이 없는 그도
네모 상자 안에서 화안하다

# 그날 새벽

갑자기 얼음조각이 된 집
밖의 온도는 영하 11도
어루만져 보지만 온기는 없다
새벽 3시
갑자기 정다워진 부부 팔짱 끼고 온기를 나누며
불나방이 되었다

인적 없는 거리는
쌩 하고 내지르는 소리를 길바닥에 깔고
체할까 걱정하는 시선도 아랑곳하지 않은 차들은 거리의 무
법자

주변의 찜질방은 코로나가 갉아먹어
뼈대만 앙상하다
모텔은 눈을 감고 깊은 잠에 들어 있다
역사 속으로 사라진 줄 알았던 정다운 이름 다방
영자 순자의 전성시대 운치를 담은
중년 마담의 24시간 불 밝히고 손 내민다

잠을 잘 수 없어도 앉을 곳이 생겼다
노천의 방랑자에게는 포근한 엄마 품이다


낮 동안은 햇볕을 붙들고
밤 동안은 전깃불 의지하고 살았나 보다

# 내 맘 나도 몰라

훤칠한 키 핸섬한 그 사람
남성미를 자랑하며 여학생 틈에 끼여
인기를 한 몸에 두른
장래가 촉망되는 청년

한 여학생을 찍어 눈짓하니
그녀는 선망의 대상이 되어 복권이라도 탄 듯하다

그 둘은 사랑을 맛있게 요리하니
고소하고 달콤한 냄새가
단칸방에 가득차고 넘쳐
동네방네 풍겼다

말뚝에 완전히 매어놓은 그 풍선
불어대는 여풍女風이 심히 흔들어 대니
결국 끈을 놓치고 말았다

정착하지 못하고 떠돌아
그 뒷모습만 바라보다 지친

쓰린 가슴 잊으려고 이민 길에 올랐다

저주의 입을 젖줄에 매달아
총공격해도 끄떡없는 그 사람

그의 가을은 가라지 되어 버린 바 되니
욕을 먹어도 보란 듯이 잘 살지 이 꼴이 뭐야
저주가 애증이 되어 마음 아프니
내 맘 나도 모르겠다

_____ 제5부

# 하느님과 통화하다

암초에 부딪힌 생각의 조각
가붓이 분진처럼 방향을 잃고 흩어진다
갈피를 잡지 못하는 심장

이러지도 저러지도 못하는 나
하늘을 향해 전화를 걸었다
뚜 뚜 뚜 신호음만 울릴 뿐

당신의 뜻은 어디에 있습니까
깜깜한 별빛 사이로 보낸 독백
중얼거린 진실의 무게가
그의 폐부에 닿았나 보다

기다려 봐
일본이 아시아 태평양을 다 삼킨 위력
독립을 위한 태극기의 외침은 소음인 듯 무시했지만
일본의 날갯죽지 잘랐던 원자 폭탄 앞에
거대한 함성이 되어 독립을 쟁취했듯

부산까지 휘몰아친 메가톤급 태풍 육이오
맥아더의 인천 상륙 작전은 밝은 태양이 한반도에 정착했듯

입을 모아 외쳐 봐
하늘을 덮고 있는 먹구름
먼지와 거짓의 무게가 버거워 비가 되어 내릴 거야
그것은 아픔을 이겨 낼 면역력이야
아무리 추워도 새봄은 찾아온다고
빨강 파랑이 보랏빛 문자를 보내 왔다

# 준비하다


10m도 못 가는 엉터리 수영
물맛만 보고 허우적거려요


옛날에는
오로지 수영만 하는 올챙이였습니다
아무도 침범 못하는 나만의 요람
부족함이 없는 잔잔한 호수입니다
그의 촉수는 바깥 세상에 귀 기울여
햇볕 소리와 바람소리를 표정에 내장합니다


수영 잘 하는지 궁금해 하는 두 사람
초음파를 통해 심장소리를 듣고
경기에서 금메달을 딴 듯 기뻐합니다


280여 일의 물주머니 속의 생
공기 주머니 속 100년의 삶을 준비하는 여정입니다
그곳에서 필요 없는 눈 코 입을 만들고서는
어느 날 갑자기 어머니의 작은 산도를 지나
걷는 연습도 못하고

이 세상에 이적하고 팡파르 울렸습니다

배밀이 하며 오뚝이가 되어 넘어졌다 일어났다를 반복
무릎의 멍 자국이 직립인간을 만듭니다

뱃속에서 불필요한 이목구비를 왜 만드느냐고
스스로 똑똑한 태아가 있었다면
그는 지상생활이 어떠했을까요

공기 속 헤엄치는 출산과 결혼 그리고 일
여러 징검다리를 건너다
숨 가쁜 시간이 지나가기 전에
지상 백년은‘메멘토 모리’를 생각하며
저 세상 하늘나라 갈 날개옷을 준비하는 기간은 아닌지요


※ 메멘토 모리 : "죽음을 기억하라"는 라틴어

# 수틀

여인과 바느질은 나란했다
꾸미고 멋 부리는 것 또한 나란했다

수틀
구겨진 시간을 구름에 팽팽하게 당겨
고개 숙인 손이
밑그림 위를 한 땀 한 땀 오색실로 한 세기를 엮는다
수만 번 찌르는 통증을 견뎌야 한다

실과 바늘이 없어도
밤하늘 덮어 놓은 횃대포 위에
천년만년 별들의 옹알이

10월 밤하늘에 수놓은 한강둔치
각양각색의 빛을 농축한 화약이 폭음을 던지며
자귀나무 꽃처럼 피어나는 불꽃놀이
드론이 야음을 틈타 살금살금
빛의 점들을 모아 연대를 편성
허공을 엮는다

화려했지만 순간을 위해 사라지는 잔영

사랑의 손끝으로 여문 자수
흐르고 흘러 세월을 넘나든다
석가나 예수의 자취가
우리들 심장을 붉게 수놓는다

# 따깜질

일생동안 먹고 살 큰 식량 창고 하나
그냥 받은 선물
귀한 줄 몰랐다
흥청망청
밥 한 끼 먹자고 친구에게도 아낌없이 나눠 준다
찌꺼기 남겨 미생물에게도 주저 없이 보시하며
풍덕새가 운다

얼마 남지 않은 곡간
낙조에 물들어 부패하기 시작하니
에너지 고갈로 브레이크가 고장 나
호탕한 웃음소리도 삼켜버린
병의 지뢰밭 봇물 터지듯 여기저기
방부제와 보존제 구하러
이 병원 저 병원 문 두드리다가

식수도 끊긴 폐가에 누워
수저질도 못하는
물 몇 방울로 목 적시며 입 닫고 귀만 열어 놓고
그의 따깜질이 끝이 나니
그럴 듯해 보였던 그는 버블
흙과 먼지였어

# 천사슬

하늘 위에 떠 있는 저 구름아
너는 어디로 가려고 떠돌고 있느냐
발길 닿는 대로 가려 하느냐

외로움 달래고 싶어 가는 길이더냐
험산 준령 골짜기 달려 거친 숨소리로 폭포수 되어
웅장한 위력을 과시하고 싶어서냐
넓은 평지 조용히 스며 생명수가 되고 싶어서냐
돌들을 만나 부딪치는 아픔을 이겨
졸졸졸 노래 부르는 성악가가 되고 싶어서냐
고운 님 옷자락 적신다 해도 그의 곁에 가고 싶어서냐

눈이 오나 바람이 부나 칭얼대도 되돌릴 수 없는 길
어떤 길을 걸어왔든
흐르고 흘러 바다에 닿는 것은
거부할 수 없는 길

살 동안 주고받은 상처 멍 덩어리가 없을쏘냐
남 몰래 흘린 눈물 사연 보따리가 크고 작을 뿐
다 풀어 놓고 출렁이니 짜고 푸를 수밖에

잘남도 못남도 없는 어울림의 맥놀이
다 이해하고 품길 거면서
왜 아웅다웅했을까

# 신의 손가락

주먹을 쥔 그의 손은 백광색으로 빛납니다
그가 손을 펴면 일곱 손가락이 나옵니다
빨주노초파남보 무지개

보라색은
안쪽에 있으니 제일 심오하다 하고
초록은
자기는 중앙에 있으니 중심축이며 으뜸이라 하고
빨간 테두리는
모든 색을 감싸는 진리의 수문장이라 합니다

세상을 씻어낸 빗방울 입자는 햇빛을 만나야
개성 있는 제 모습을 드러냅니다
어떤 색의 주장도 다 옳은 것입니다

손가락 하나하나의 주장은
파장의 길이와 각도가 만든 무늬
하나의 빛깔은 백광의 한 부분입니다
색깔은 비교의 대상은 아닙니다

자기만이 제일이고 빛과 진리라고 말할 수 없지요

일곱 빛깔의 손가락은
도레미파솔라시 일곱 음계로 어우러져 하모니 이루어
백광색으로 연주될지니
하나의 세계입니다

# 돌의 탄생

너는 누구냐 왜 태어났느냐고
우리는 여러 모습으로 살고 있다
두둑한 배짱으로 세상에 물들지 않고
처음 먹은 맘 그대로 결코 썩지 않는다
깊이 발자국을 남긴 자를 위한
회고록이 되기도 하지

저 높은 산의 바위는 많은 사람이 올려다보지만
눈보라와 동침하고
외로움에 지쳐 세상이 그리울 때면
그림자만 잠시 아랫동네 다녀가고

자갈돌 억겁의 세월
파도와 부딪힘을 견딘
몽돌이 되기도 했지

거대한 돌 스핑크스
여자의 얼굴 사자의 모습
수수께끼 인물 되어
몇천 년을 그대로 앉아

오늘도 나를 보니 내 심장이 뛴다

아인슈타인 당신은 하나의 돌
바람에 흔들리지 않는 받침대
구름 위를 오를 수 있는 계단을 놓고
튼튼한 물리학의 돌기둥이 되었지

성벽의 큰 돌 틈에 끼어 있는
소리 없는 작은 돌멩이
너는 알고 있지
내가 아니면 저 성벽을 지탱하지 못한다는 것을

# 즐거운 분실

귀가하는 버스 안에 멍청히 앉아
비가 갠 버스 창문 사이로 햇볕과
눈 맞추느라 정신 팔렸다

비 오면 나무들이 날개 펴듯
비 오면 활개 펴는 우산이
버스 안에서 다소곳이 창가에 기대어 졸고 있다
깜박 잊고 나만 내렸다

떠난 친구의 마지막 선물이기에
시내버스 회사로 전화 걸었다
집 가까운 정류장에 찾아 가란다

한 번의 실수는 양념
또 시내버스에서 몸만 내리니
등 뒤의 고함소리에 쳐다보니
장바구니가 눈을 흘기며 나를 데려가란다

머쓱한 모습이
될 수 있으면 젊은 척 가장한 내가

부끄러워 더 늙은 척 어눌하게 대답했다
질질 흘리고 다니는 마음까지 분실하다
챙겨주는 이름 모를 이웃
나를 찾아 줬다

# 그녀의 손

그의 머리는 기획자 손은 행동대원
살아 온 역사를 써 놓은 일기장
나를 가꾸는 기구
밥을 먹여 주는 수저
뒤처리해주는 청소부
두꺼비 등 같은 볼품없는 손

노예의 쇠사슬을 끊어 준
에이브라함 링컨의 거대한 손보다
파고파고 들어간 가장 작은 나노의 기술로
우주를 이해하는 과학자의 손보다
궂은 일 마다 않고 논밭으로 다니며
먹거리 준비하고
노점에서 콩나물 사면서
조금이라도 더 달라고 하는 얌체의 손
그녀를 통하면 안 되는 것이 없었던 맥가이버
사랑 꾹꾹 눌러 담아 퍼 주기에 아낌없던 손
가끔은 하나님 대신한 손

조폭이 된 검은 손 이웃에게는

검은 손은 없다 검은 장갑 낀 손만 있을 뿐
장갑 벗으면 흰 손이라고

홀로 설 수 있게 북돋아 주고 감싸 안고
기다리자고

# 마스터키

신청만 하면 누구나 얻을 수 있는 것
가슴에 날개 달고 하늘을 날아
하얀 목화솜이 몽글몽글 숨두부처럼 엉긴
구름을 밟고 193개국을 갈 수 있는 것

틈새에 끼어 있는 작은 열쇠 하나
열 수 있는 곳을 향해 떠밀려 갔다

익숙하지 않은 얼굴
새의 지저귐 같은 알 수 없는 말
어색한 냄새 품에 안겼다

눈물 젖은 베개 엄마 삼아
우유병에 입 맞추고
입양아란 이름으로 허공을 붙잡고
도토리가 되어 살아 온 그 아이
유효기간이 녹슨 쓸모없는 여권 뒤적이며
어렴풋이 알게 된 자기의 정체
지워진 국적과 생년월일

끌어당기는 천륜을 거역 못해
이국으로 보낼 수밖에 없었던
각가지 사연이 숨겨진 모국으로 발길을 옮겼다

왜바람 잡으려는 그물망 같은 신세
깃털 하나 빼 유전자 정보 심어 놓고
하염없이
뿌리에 대한 그리움을 담아 논 자물쇠
열어 줄 마스터키를 찾고 있다

# 자서록

사회 초년생
번데기에서 탈출 날개옷 갈아입고
수행 비서 데리고 세상 밖으로 훨훨 날아갔다
예를 갖추고 품위를 지키는 곳에는 꼭 데리고 다녔다

처음에는 제격에 맞지 않아 투덜댔다
멋에 초점을 맞춘 탓인가
나를 만만히 보고 자기에게 맞추라 한다
그림자 뒷모습에 밴드 붙이고 다녀야 했다

연지 찍고 외출할 때는 반드시 따라 나선다
신분 상승이라도 되는 듯
앞가슴 내밀고 허리 펴고 당당하게 걷는다
복어 같은 장딴지가 갈치처럼 날씬해졌다

오랜만에 만난 동창회에 동행한 수행비서
체면 뭉개고 가차 없이 내리는 소나기
질척거리는 발이 춥다고 데모한다
궁여지책으로 구두 속에 신은 덧신도 양말도 아닌
비닐봉지 두 장 구세주가 되어 준 구두 속의 구두

멋에서 편안함으로 옮겨가는 시선
결혼식 정장 차림에도 그를 신발장 안에서 쉬라 하고
운동화와 함께 갔다

내 신발장 안에는 나와 동행했던
뾰족구두 구멍 뚫린 여름 신발 겨울털 부츠까지
모습도 빛깔도 냄새도 다양한
내가 살아 온 채취를 담은 자서록이 있다.

# 비누

과거를 잊고 한 줌의 재로 남은 볏짚과 콩대
물에 담긴 잿물이 비누가 되어 가족의 낯을 낸다


서양에서 온 양잿둘이 등겨와 만난 국방색 비누
양잿물과 기름을 수어 만든 크림색 비누
빈부 차이를 그려내는 공동 빨래터
가난과 시집살이한
애꿎은 빨래에게 방망이질하며 날려 보낸다


방망이로 얼음을 깨는 겨울
감각 없이 빨갛게 언 손이 빨래하면
양동이 이고 돌아오는 무거운 발걸음이 눈물 삼킨다
눈치 없는 개구쟁이 아들
오늘도 내일도 휘지러진 빨래감을 산처럼 쌓아 놓는다


빨래터를 집으로 옮긴 수도꼭지
고무장갑이 손을 대신한다
가루비누 물비누가 세탁기와 속삭이더니 손을 밀친다


지나간 고생의 땟자국이

몽글몽글 피어나는 거품 속으로 사라진다
세탁기는 여성운동가
남아진 시간은 사회 진출 촉진제

# 부채질

하면 된다는 얄팍한- 계산
젊음을 담보 삼아 드전장을 냈다


학생의 부푼 꿈들을 그물처럼 쳐 놓아
대어 낚는 법을 익히는 곳
숨죽여가며 책장 넘기는 소리만이
입질을 기다리는 스터디 카페
에어컨이 부채질 대신하는 신선놀음
땀방울이 얼굴 내밀지 못하는 방어막


코로나 강풍이 대지에 몰아쳐
덜컹덜컹 창문을 흔들어대니
학생들은 집으로 도서관으로 숨어 버렸다
파리만 들락거리니 부채만 쌓여가고
파리 날리는 부채질에 팔이 아프다


시행착오로 열 받을 날들을 부채질로 날려 보냈다
새로운 터전을 통제하며 재도전을 밑거름 삼아
부채 탈출을 위해 땀방울을 날린다

# 사랑의 영토를 횡단하는 웅숭깊은 바람의 길
### - 임형선의 시

한용국

한 시인의 시세계를 드러내는 데 자주 쓰이는 단어로 '웅숭깊다'라는 형용사가 있다. 이 단어는 두 개의 뜻을 가지고 있다. 하나는 '생각이나 뜻이 크고 넓다'는 뜻이며, 다른 하나는 '사물이 되바라지지 않고 깊숙하다'라는 뜻이다. 이 형용사는 미묘한 데가 있다. 전자에 충실하면 후자에는 소홀해지는 경향이 존재한다. 그 반대의 경우도 마찬가지라고 할 수 있다. 문학 특히 시에서 이 형용사는 주로 후자의 뜻으로 기능한다. 그것은 시의 장르적 특성과 닿아 있을 것이다. 서정장르로서 시의 특성은 자신 또는 타자, 사태 혹은 세계를 깊이 들여다보고 그 이면과 심층에서 자신만의 정서와 사유를 포착하여 드러내는 것이기 때문이다. 시인의 그 시선을 우리는 '웅숭깊다'라는 단어로 형용하는 것이다. 그러나 임형선 시인의 시집 『바람의 길』은 특이하게도 '웅숭깊다'의 두 가지 뜻을 모두 현상하는 모습을 보여준다. 세계를 깊이 들여다 볼 뿐만 아니라, 세계를 넓고 크게 바라보는 사유와 정서의 폭까지 겸비하고 있다. 그것이 가능한 이유는 시인의 시선의 중심축이 자신에게만 한정되어 있지 않기 때문이다. 가족과 이웃, 교육에서 국가 심지어 종교에 이르기까지 넓은 지평을 거느리지만, 그 세계 속의 존재와 사태들의 지경에 깊이 밀착함으로써 시세계의 폭과 깊이를 동시에 담지해 내고 있는 것이다.

임형선 시집 『바람의 길』은 전체 5부로 이루어져 있으며, 각 부는 의미에 맞게 시가 분류되어 있다. 그것을 나열해 보면 이렇다. 〈1부: 가족, 그리움〉, 〈2부: 국가의 소원〉, 〈3부: 교육의 본질과 바람직한 교육〉, 〈4부: 우리의 현실〉, 〈5부: 종교는 하나〉. 이를 통해 어림해 볼 수 있는 것은 우선 시인의 사유가 공동체적 사유와 정서에 기반하고 있다는 것이다. 1920년대에 한국 현대시가 시작된 후로, 공동체적 사유와 정서는 한국 현대시사의 중요하면서도 특기할 만한 맥락을 형성해 왔다. 외세의 침입과 해방 그리고 미군정기와 독재에 대한 저항의 시대를 관통하면서 민족공동체에서 민중공동체로 이어져 내려온 것이다. 그러나 처음부터 민족과 민중이라는 추상적 주제로 전개된 것은 아니었다. 처음에는 가족이 있었고, 민족과 국가로, 그리고 민중적 사유로 확장되고 심화되어 온 것이었다. 주로 그것은 국가와 정치의 시련 속에서 수난당하고 박해받는 인고와 극복의 사유였지만, 동시에 우리의 고유한 공동체적 사유와 정서를 온전히 기록하고 보존하여 계승하려는 지속의 사유이기도 했던 것이다. 그러나 1990년대 신자유주의의 확산과 세계화, 자본주의 심화에 따른 양극화와 불평등 사회가 도래하면서 삶에서 겪는 개인들의 고통에 관심을 기울이게 되면서, 공동체적 사유는 다른 의미에서 특이한 것이 되었고, 심지어는 전근대적인 것으로 도외시되기에 이르렀고, 초현대 사회라고 할 수 있는 2020년대인 현재에 이르러 더욱 심화되어 왔다고 볼 수 있다. 이러한 상황 속에서 임형선의 시집 『바람의 길』이 천명하는 시적 문제의식은 역설적으로 중요하다고 할 수 있다. 이 시집의 목차에 드러나는 부제들은 어떤 의미에서 선언에 가깝다고 할 수 있다. 이 선언은 흐름을 거스르는 것이 아니라, 한국 현대시의 원형으로의 복귀 선언이라고 할 수 있으며, 이른바 우리가 잊고 살아가고 있는 "오래된 시작"의 첫걸음이라고 할 수 있을 것이기 때문이다.

우리 집 뒤뜰의 우물
햇볕이 얼쩡거리는 낮에는
구름들이 모여들어 곡예를 하고
별들이 바둑을 두는 밤
달은 옆에서 훈수 둔다
두레박질에 짓궂은 하루가 열린다

매일 들여다보는 어머니 거울
그 속에 출렁이는 팔남매 얼굴 길어 올리면
근육질이 된 어머니 팔뚝에 메뉴가 여문다

세상의 찌꺼기 씻어내고 순백이 되라고
지칠 줄 모르고 퍼내는 어머니의 화수분
우리들의 날갯짓에 북돋움이 되어
대전 서울 미국으로 날아갔다

등 굽은 두레박이 물을 긷고
우리는 냉큼 받아먹기만 했지
철분 농도가 짙은 정화수 같은 물 먹고
철들지 않고 쇳내 난다고 투덜댔지
감사할 줄 모르는 철부지

어머니 따라 간 애환 담은 우물
핏줄처럼 흐르는 수돗물이 고달픈 흔적을 씻어가니
어쩌다 절수되어 질금거리는 물방울
어머니 눈물인 듯 가슴이 저리네

- 「철부지」 전문

    공동체의 최소단위로서의 가족이 혈연을 기반으로 하고 있다는 것은 누구나 알고 있는 사실적 개념이다. 여기서 '혈연'이라는 말은 생리적 특징을 넘어서, 관계론적이고 상징적이며, 나아가 문화적인 내포와 외연을 거느리고 있다고 할 수 있다. 즉 '혈연' 이상의 무언가가 가족이 형성되는 데 필연적이라는 것이다. 그 무언가가 결핍되어 있을 때, 가족은 다만 단위적 요소에 그칠 뿐, 외적으로 확장되지 못한다. 그리고 그 무언가는 우리의 역사와 전통에서 확인할 수 있었듯이 가족 구성원들 사이의 '사랑'이었다는 것 또한  자명한 사실이다. '사랑'은 비유하자면 물과 같은 것이어서, 위에서 아래로 흘러내리며 각자의 줄기를 이루고, 모여서 바다를 이루는 것이었다. 그래서 가족 간의 사랑은 우선 받는 것이고, 받았음을 끝내 아는 것이며, 그리하여 다시 내려주는 전승의 구조를 통해, 가족들 사이에서, 또 한 세대에서 다른 세대로 이어지는 것이다. 바로 이 '사랑'이 있어야 할 자리에, '욕망'이 자리할 때, 가족은 그 힘을 잃어버리게 되고 만다.

　시 「철부지」에는 가족 간의 사랑의 근원이 드러나고 있다. 바로 어머니라는 존재다. 이 시에서 '어머니'의 사랑은 '화수분'에 비유된다. 화수분은 원래 하수분(河水盆)에서 온 말이다. 진시황의 만리장성을 쌓을 때 만든 거대한 물통으로, 황하의 물인 하수를 거대한 통에 담아와서 사용했는데, 아무리 써도 줄어들지가 않는다고 느껴질 정도였다고 한다. 이것이 '화수분', 즉 '아무리 써도 마르지 않는 신비한 단지'라는 뜻을 지니게 된 말로 바뀌게 된 것이다. 흔히 모성이라고 명명되는 어머니의 사랑의 가장 중요한 특징은 비대칭성이다. 사랑의 대상에 대한 일방향적이고 이타적인 헌신의 행위인 것이다. 여기서 중요한 것은 사랑의 자발성이다. 이 시에서 화수분의 비유는 이 자발성에 근거하여 정당성을 획득한다. 누군가의 필요에 의해 이루어지는 헌신은 그 필요가 사라지면 힘을 잃어버리고 만다. 그러나 순전한 자기 스스로의 의지에 의한 헌신일 때, 그 영역은 작은 보살핌에서 극단적으로는 생명에 이르기까지 무궁무진할 수밖에 없다. 사실 우리 전통 속에서는 모성에 대한 이해에 있어, 상투적인 경향이 많았다. 특히 어머니의 사랑을 유교 문화라는 전통적 관념에 의해 무의식적으로 학습되고 강요된 결과르서의 행위로 보는 경향이 그것이다.

하지만 우리 어머니들의 사랑은 이 시에서 볼 수 있듯이, 오롯이 스스로 겪은 것이고, 알게 된 것이고, 그리하여 다시 줄 수 있었던 헌신이었던 것이다.

'화수분'의 비유가 '우물'이라는 상징과 무리 없이 결합할 수 있는 것도 그때문은 아닐까. 이 시에서 특기할 만한 것은, '우물'이 어머니의 사랑이라는 상징적 의미로 드러나기 전에 먼저 구체적 자연의 어울림이라는 사태로 제시된다는 것이다. "구름"과 "별"과 "달"이 '곡예를 하거나, 바둑과 훈수를 두고, 짓궂은 하루가 열리는, "우물"에서 시작되는 어머니의 "두레박질"을 먼저 펼쳐놓은 이유는 어쩌면 어머니의 사랑이 자연의 궁극적 본성에 기원을 두고 있음을 말하고자 하는 것은 아니었을까. 여기서 다시 주목할 것은 "매일 들여다보는 어머니 거울"이다. 이 시행은 두 가지를 함축한다. 어머니를 비추는 거울로서의 "우물"과 시인을 포함한 팔남매를 비추는 어머니라는 거울로서의 "우물"이다. 이 두 "우물", 즉 "거울"은 시에서 마치 거울 두 장을 마주 세워놓은 듯한 효과를 발휘한다. 어떤 방향으로도 연속되는 두 거울은 어떤 방향으로도 처음에 제시한 자연이라는 시원에 가 닿게 되는 것이다. 그리하여 궁극적으로는 자연이라는 근원으로 회귀하는 동시에 다시 시원을 형성하는 모성의 계보학을 다차원적으로 생성해 내고 있는 것이라고 할 수 있다. 이는 모성에만 한정되지는 않는다. 아버지가 등장하는 시에서도 마찬가지다. 아버지의 사랑 또한 이 시집에서는 자연의 길, 농사의 이법을 따라 드러난다. 시 〈24계단 밟기〉에서 자연과 혼연일체가 된 농부로서의 아버지의 삶이, 〈아버지의 놀이기구〉에서는 "삽질을 몇 만 번을 해야/ 숟가락질을 할 수 있을까"에서 보이듯 그 농사로 가족을 부양해온 아버지의 고단함에 대한 비애와 감사의 마음을 나타내고 있다. 이렇게 깊고 넓은 가족을 지탱하는 사랑을 아직 어린 존재는 알 수 없다. 후일 부모와 같은 존재가 되어 자신 또한 거울로서 마주 서게 될 때에야 가능한 일이다. 그때까지는 어떻게든 "철부지"일 수밖에 없다. 그러나 끝내 알게 되고, 다시 하나의 거울로 마주 서게 될 때, 다시 알게 된다. 그 거울은

"땀방울"(아버지의 놀이기구)과 "눈물"로 이루어진 거울이었음을. 이 시를 통해 시인은 가족이란 서로가 서로에게 거울로 마주서는 과정이라는 것을 탁월한 상징으로 펼쳐 보이고 있는 것이다. 그 과정의 동력이 되는 정서는 그리움이다. 그리움이란 아는 마음이며, 돌아가고 싶은 마음이며, 자신 또한 누군가에게 그런 존재가 되고 싶은 마음이다. 다시 처음으로 돌아가서 이야기하자면 가족은 혈연과 사랑 그리고 그 사랑에 대한 그리움으로 연결되어 있는 공동체의 근거라는 것을 시인은 가족 시편들을 통해 드러내고 있는 것이다.

> 가시로 무장하고 본색을 드러내며
> 뿌리를 밭으로 야금야금 작물을 괴롭히는 너의 문어발
>
> 내가 진딧물이라면 너의 진액을 빨아 먹으리라
> 애벌레라면 네 잎을 갉아 먹겠지
> 칼이라면 너의 속내를 들여다보며
> 뿌리에서 입으로 오가는 도관과 체관의 길을 막을 거다
> 도끼라면 송두리째 찍어
> 밭둑 넘어 산비탈에 던져
> 다시는 소생 못하게 하리라
>
> 자자손손 꽃피고 열매 맺는
> 우리의 영토를 지키리라
>
> 　　　　　　　　　　　　　　　　　- 「아버지의 영토」 부분

　시인의 이러한 가족에 대한 사유는 국가로 외연이 확장된다. 이 시집에서는 국가 또한 가족에 대한 사유의 연장선상에 위치한다. 인용한 시 「아버지의 영토」에서 시인에게 국가는 다름 아닌 "조상이 물려 준 아버지의 영토"(「아버지의 영토」)로 인식되는 것이다. 그러므로 그곳은 근원적으로 "푸른 바다 위에 갈매기 대화가 들리고/한 면은 산수가 수려해 햇볕과 바람이 속삭이는 곳"이며, "일년생 채소와 곡식들이/앞다퉈 성

장을 노래하는” 풍요와 조화가 존재하는 공간이다. 그 공간을 아카시나무가 침해한다. 그 양상은 그러나 공격적이지 않다. 적이라고 할 수 있는 아카시나무는 햐얀 꽃과 향수로 먼저 취하게 만든 뒤에 “가시로 무장하고 본색을 드러내”며, “뿌리를 밭으로 야금야금 작물을 괴롭히는” 은밀한 전략을 취하는 것이다. 어떤 면에서 국가 간 직접 전쟁이 아닌 문화적 침략을 은유하는 것으로 보이는 이 시에서, 시인은 영토를 지키기 위해 어떤 희생이든 감수하겠다는 결의를 보여주고 있다.

개인과 국가는 서로에게 필수불가결한 유기체적 관계로 맺어져 있다. 그러나 전쟁 등의 실체적 위기 상황이 도래하기 전까지는 느슨하게 유지되는 것이 보통이며, 더구나 디지털화, 세계화시대에 이른 지금 그 관계는 거의 해체 직전의 상황까지 이르러 있는 것 또한 사실이다. 이러한 상황에서 국가나 영토에 대한 사랑을 시의 전면에 드러내는 것은 자칫 위험한 국가주의나 전체주의적 발상이라는 오해를 불러일으키기 쉽다. 그래서일까. 때로 국가라는 거대담론이 시에 등장하는 경우에도, 역사적 비극으로 인한 개인의 상처 극복과 치유의 정서 국한되어 있는 경우가 많다. 하지만 시인은 시에 국가에 대한 사랑, 영토 수호의 결의를 전면에 등장시키고 있다. 이것이 무리 없이 설득력을 가지는 이유는 그 뿌리가 가족이라는 공통체험 영역에 근거한 것임을 먼저 가족시편들을 통해 보여주고 있기 때문이다. 그래서 “자자손손 꽃피고 열매 맺는/우리의 영토를 지키리라”라는 시행이 상투적이거나 공허한 외침으로 울리는 것으로 끝나지 않도록 한다. 통일에 대한 열망도 시작은 “친구들과 싸우지 말고 사이좋게 지내”(「이루리라」)라는 말에서 시작되어, 내적 갈등을 겪는 예루살렘에 대한 연민으로 확장된 것이고, “세계 속의 한국이 아니고/한국 속의 세계가 될 거라는”(「명사수」) 미래에 대한 전망 또한 한때 잠시 가족 속에 머물렀던 선교사와의 대화 속에서 싹터 온 것이다. 이렇게 시인이 경험한 가족의 사랑은 자연의 이법과 연결되면서, 역사적 시련을 이기고, “꽃피는 서울의 봄 동산”에 도착하는 “바람의 길”로 드러나는 ‘서울에 대한 찬양’에 자연스러움을 획득하게 한다.

산길 따라 걷다보면
고갯마루의 돌무더기
이곳에 돌을 던지면 다리가 안 아프다고
그 말에 길 위에 돌이 없어 길 가기가 편했다
그곳에 끼지 못하는 쇳덩이가 거추장스럽다

너의 처소는 사람이 오가는 곳이 아니야
새롭게 거듭나는 거야
너의 강한 근성을 살려 보자
타지 않는 돌과 모래로 만든 용광로로 가는 거야
견디기 어려운 연단 갈고 연마해서
새롭게 태어나는 거야
날을 세워 칼과 낫을 만들지
예리하고 단단하라고 또 열처리를 견뎌
겸손히 고개 숙인 낫이 되지

농부의 손에서는 알곡을 거둬들이는 도구가 되어
노적가리가 두둑해지지만
스탈린이 손에 든 붉은 낫
농민의 피로 물들인
한 세기도 못 버티는 녹슨 쇳조각
삭아 없어질 수밖에

낫으로는 베어 추수하고
칼로는 다듬고 썰어 요리해
만민을 먹이는 일을 하지

- 「칼과 낫」 전문

가족에서 국가로 외연을 확대해 나가던 시인의 사유는 교육이라는 주제에 이르러 깊이를 확보하는 것으로 보인다. 시

「칼과 낫」에서는 시인의 가족과 국가에 대한 사랑의 밑자리를 차지하는 사유가 지극한 이타성이라는 것을 보여주고 있다. 1연에서는 고갯마루의 돌무더기 먼저 제시된다. 그 돌무더기는 설화적 요소를 품고 있다. 시에 등장하는 "고갯마루에 돌을 던지면 다리가 안 아프다"는 무속적 설화다. 그러나 이 설화는 배려의 기능을 간접적으로 보조하는 역할이 었음을 알 수 있다. 언뜻 보면 이기적일 기원은 실제로는 길에서 돌을 치우는 결과를 낳음으로써 길을 오르는 다른 이들에 대한 배려로 귀결되어 온 것이다. 그런데 그 길에 뜬금없이 놓여 있는 쇳덩이는 역할이 애매해진다. 왜 그럴까. 돌과 달리 쇠는 효용가치를 가진 사물이기 때문이다.

이후에 전개되는 시의 전개는 쇠의 효용에 대한 시인의 사유를 보여주면서, 시인이 생각하는 사물의 바람직한 효용가치는 어떠해야 하는가를 보여준다. 쇠는 제련을 거치면 다양한 도구로 기능할 수 있는 광물이다. 그 중에서 대표적인 것이 시인에게는 칼과 낫이다. 특히 낫은 농부들에게 소용될 때 가장 큰 효용가치를 갖는다. 그러나 긍정적 효용만 있는 것은 아니다. 부정적으로 쓰일 때 사람을 해치는 도구가 되는 것이다. 시에서 예로 든 것은 스탈린이다. 이상을 추구했으나 현실적으로는 독재로 끝나고 만 사회주의를 부정적인 낫의 효용을 통해 비판하고 있는 것이다.

그렇다면 낫과 칼의 바람직한 효용은 무엇인가. "낫으로는 베어 추수하고/칼로는 다듬고 썰어 요리해/만민을 먹이는 일"이다. 이 시행들에서 정치에 대한 풍자를 읽었다면 비약일지도 모르지만, 적어도 만민을 먹인다는 명분으로 칼을 들어 게국주의적 통치를 자행하는 정체에 대한 은근한 비판이 깃들어 있는 것도 사실이다. 그래서 "베어 추수하고", "썰어 요리해"라는 동사들을 구체적으로 삽입하고 있는 것은 아닐까. "만민을 먹이는" 일이란, 모름지기 구체적이고 지극한 이타성에 근거해야 한다는 시인의 대답인 것이다.

그래서 시인의 효용가치에 버금하는 것들은 타인을 위한 희생과 헌신을 품고 있는 사물이나 존재들이다. 시 「효용가치」

에서는 "나이키와 아디다스 제품보다", "천덕꾸러기 양말"이
며, 시 「그림자」에서는 밤일을 해 아이를 기르는 어머니이고,
시 「갈다」에서 "자기의 살을 저며/쓸모있게 곧은 벼랑을 세우
는" 숫돌이며, 자신의 몸에서는 "작기만 온 세상을 수 있는/가
장 큰 일을 하는 내 몸의 블라인드인"(「눈꺼풀」) 눈꺼풀이다.
이러한 시인의 이타성은, "할머니의 발소리에 몇 바가지 사랑
받는 일"만으로도 "햇볕의 오만에 반기를 들고", "척추는 없어
도 일어설 수 있는"(「콩나물의 자부심」) 기적과도 같은 힘이
가능해지는 것이다.

> 큰 도로가 T자 거리
> 하얀 무명천이 팔다리 벌려 빨간 글씨로 하는 말
> '남편을 빌려드립니다'
> 작은 글자로는 평일 오후 5시 이후 토요일은 온종일
>
> 햇볕은 히죽히죽 웃고 있고
> 지나가는 여인네는 눈동자가 휘둥그려진다
> 저 당당한 여인은 누구인가
> 남편은 저렇게 내돌려도 된다는 말인가
> 한치의 바람도 일으키지 않으리라는 믿음인가
>
> 작은 골목으로 접어든 한적한 마을
> 어린이와 젊은이의 그림자가 떠난 지 오래
> 괴괴히 흐르는 나뭇잎 사이로
> 허리 굽은 지팡이가 집을 지킨다
>
> 형광등이 깜박거려도 눈을 뜨게 할 안과의사가 없다
> 수도꼭지가 분수를 알지 못해 시도 때도 없이 물을 토해도
> 말릴 자가 없다
>
> 그녀의 남편은 잡일 하는 수리공
> 이 동네에 무상으로 빌려 드려

노인들의 공동 남편이 되었다


- 「남편 빌려드립니다」 전문

　현대는 4차 산업혁명의 시대다. 빅테이터, 사물인터넷, 인공지능 등 첨단 ICT가 경제, 사회 전반에 융합되어 초연결, 초지능으로 혁신을 일으키는 차세대 산업혁명이라는 급격한 변화를 통과하고 있는 중이다. 자연에서 시원(始原)한 가족애를 바탕으로 국가로까지 확장된 사랑의 영토를 꿈꾸는 시인은 당대의 현실은 어떻게 받아들이고 있을까. 혹시 변화를 받아들이지 못하고 과거를 묵수하는 태도를 보이고 있는 것은 아닐까. 결론부터 말하자면 그것은 기우다. 시인은 변화하는 현실을 두려워하지 않고 주도적으로 대응하는 역동적 수용의 자세를 보여주고 있다. 가상현실에 대해서도 "가상현실 속 세상을 보는 창을 열어/바람처럼 느끼며/강물처럼 흐르는 연결고리/빛과 어둠을 비추는 등불을 켠다/우리의 삶을 다시 짜는 힘"(「하루살이」)이라는 인식을 보여주고 있으며, CCTV에 대해서도 "집집마다 드나드는 사람을 꼼꼼히 체크한다/대문 앞에 놓고 간 택배도 지켜준다/불침번을 서는 CCTV/빗자루를 들고 도둑을 싹 쓸어버린다"(「외눈박이 왕눈이」)에서 보이듯, 긍정적인 기능에 주목하는 모습을 보인다. 그런가하면 지역어까지 불어 온 재개발 바람에 엮여 손해를 보는 상황조차 위트를 통해 극복하고자 하기도 한다. 출산율 저하의 현실에 대해서도 비판적, 훈계적 태도를 보이지 않는다. 앞의 시에서와 마찬가지로 「삼신할머니 뿔났다」처럼 신화적 요소와 위트를 결합하여 공동체를 위한 바람으로 마무리하는 넉넉한 태도를 보여주고 있는 것이다.
　시대의 변화에 대한 시인의 이러한 유연성은 어디서 기인하는 것일까. 그것은 아마도 앞서 말한바 가족애에서 기원하여 확장되고 심화되는 사랑의 공동체 의식에서 비롯되는 것으로 보인다. 인용한 시 「남편 빌려드립니다」에서는 사정을 모르는 사람들에게는 정말 놀랄 만한 구절이 적힌 현수막이 한적한 시골 동네에 내걸린다. 하지만 그것은 음란한 광고가 아니라, 어린이도 젊은이도 떠나버린 시골 노인들을 위한 누군가의 배려였음이 시의 전개를 통해 드러난다. 한편으로 현수막에 쓰인 글씨가 '일손 도와드립니다' 같은 문구였다면 시혜적 행위라는 오해를 유발할 수도 있었을 것이다. 그러나 "남편을 빌려드린다"와 같은 재치있는 위트는 베푸는 사람이나 받는 사람이나 웃음과 함께하는 자연스러운 배려를 가능하게 하고 있다. 공동체의식을 공동체의 목표와 가치를 공유하고 서로의 복지와 발전을 위해 협력하려는 태도를 의미한다고 할 때, 무엇보다 요구되는 것이 바로 인식과 행동의 유연성인 것이다. 시인의 시세계가 넓이 뿐만 아니라 깊이를 확보하게 되는 것 또한 여기에 기인하는 것으로 보인다.

　다른 시「각의 실상」에서 그 점은 여실히 드러난다. "각", 특히 사각은 근대의 산물이다. 철저히 효용성을 추구하는 근대적 분할의 형식인 것이다. 그렇기에 비효율적 공간을 산출하는 원이라는 분할의 형식과 대립한다. 시인은 이 시를 통해 사람들 사이의 관계론을 제시하면서, '원'을 긍정한다면 동시에 '각'도 긍정해야 한다는 사유를 드러내고 있다. 이는 현대의 정신과 물질의 불균형에 대해서도 동일하게 적용할 수 있을 것이다. 어느 한쪽을 과도하게 부정하는 치우침이 아니라, 모두를 적절히 긍정할 때, 오히려 불균형이 해소될 수 있다는 균형의 사유라고 부를 수 있을 것이다. 이러한 인식은 종교적 인식에 있어 더욱 깊은 사유의 지평을 창출하기도 한다. 특히 시「신의 손가락」은 시인이 부제에 적시한 바로서 종교에 대한 통합적인 사유에 이르고 있기도 하다. 이 시에서 신의 손가락으로 상징되는 것은 무지개이다. 무지개의 각각의 색들은 어떤 색도 더 중요하거나 덜 중요하지 않다고 시인은 말한다. "어떤 색이든 파장의 길이와 각도가 만든 무늬"일 뿐이고, 결국 그 모두는 흰 빛으로 수렴되는 것이라고 시인은 말하면서, "색깔은 비교의 대상은 아닙니다"라고 단언한다. 이것은 종교적 배타성에 대한 단호한 거부이면서, 비약적으로는 모든 종교의 근본 원리 또는 삶의 근본 원리에 대한 시인의 천명이기도 한 것이다.

　　지금까지 시인이 펼쳐놓은 지도에 따라, 시인의 사유의 폭
과 깊이의 양면을 살펴보았다. 다만 아쉬움이 있다면 시인의
시적 기법들을 좀 더 깊이 논구하지 못한 것이다. 서사적 기
법, 아이러니 외에도 다양한 시적 기교가 풍부하게 구사되어
있는 이 시집의 형식적 특성은 좀 더 깊이 살펴져야 할 것들이
다. 혹여 눈 밝은 다른 이가 읽어주기를 바랄 뿐이다. 이제, 자
연을 시원으로 하는 시인의 가족에서 국가에 이르는 사랑의
물줄기를 통해, 존재와 세계를 도저하게 통찰하는, 시적 인식
의 깊은 협곡들을 종횡으로 탐험하는 동안, 마음속에서 끝내
해설을 거부한 채, 오롯이 한 채의 소슬한 마음의 풍경으로 읽
는 이의 가슴 속에 빛나던, 아름다운 시 한 편을 꺼내드는 것
으로 부족한 해설을 마무리하고자 한다. 옮겨 놓으며 생각한
다. 사람과 세계에 대해, 얼마나 오래 사랑과 연민으로 마음을
다독여야 이런 시 한 편이 피어나는 것일까.

해는 서산에 걸려 금방이라도
바다에 풍덩 빠질 것 같은 시간

사람의 그림자가 사라지길 기다리는 어린 눈동자
패랭이꽃 앞을 왔다 갔다
콩닥거리는 가슴으로
카네이션 닮은 꽃 몇 송이를 꺾는다

어머니 가슴에 달아드리려는 손길을 쓰다듬으며
바람도 못 본 척 지나가는데

과자 껍질 한 번 담아 보지 못한
가난한 호주머니는
흙 묻은 손을 나무란다

－「5월 7일」 전문


한용국 | 시인, 비평가

시와정신시인선 55

# 바람의 길

ⓒ임형선, 2025

1판 1쇄 ㅣ 2025년 10월 22일
지 은 이 ㅣ 임형선
펴 낸 곳 ㅣ 시와정신사
주         소 ㅣ (34445) 대전광역시 대덕구 대전로1019번길 28-7, 2층
전         화 ㅣ (042) 320-7845
전         송 ㅣ 0504-018-1010
홈페이지 ㅣ www.siwajeongsin.com
전자우편 ㅣ siwajeongsin@hanmail.net

공 급 처 ㅣ (주)북센 (031) 955-6777

ISBN  979-11-89282-84-4         03810

값 10,000원

· 이 책의 판권은 임형선과 시와정신에 있습니다.
· 지은이와 협약에 의하여 인지를 생략합니다.
· 잘못된 책은 바꿔드립니다.

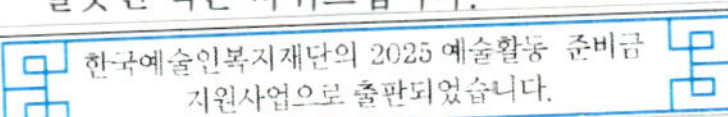